분홍 당나귀

시작시인선 0299 분홍 당나귀

1판 1쇄 펴낸날 2019년 8월 9일
지은이 유미애
펴낸이 이재무
책임편집 박은정
편집디자인 민성돈, 장덕진
펴낸곳 (주)천년의시작
등록번호 제301-2012-033호
등록일자 2006년 1월 10일
주소 (03132) 서울시 종로구 삼일대로32길 36 운현신화타워 502호
전화 02-723-8668
팩스 02-723-8630
홈페이지 www.poempoem.com
이메일 poemsijak@hanmail.net

ⓒ유미애, 2019, printed in Seoul, Korea

ISBN 978-89-6021-440-8 04810
      978-89-6021-069-1 04810(세트)

값 10,000원

분홍 당나귀

유미애

천년의시작

이젠 가벼워질게 그러나
자신을 지탱할 최소한의 광기는 지킬게
꽃아 바람아 그리고
내 사람들아!

차 례

시인의 말

제1부

제1부

트럼펫 보이

너는 가장 빛나는 별이 될 거란다 흰 보에 싸인 내 울음
소리는 담을 넘지 못했다 신이 주신 건 속눈썹이라는 낮은
지붕 하나였으니

자두꽃이 피는 저녁, 눈 속의 물고기를 꺼내 나무에게
바쳤다 나의 시작은 자두 한 알이었으니까 자두 너머의 세
계를 들려주는 건 내 손의 비린내를 쪼다 가는 새들이었으
니까

속눈썹에 빗질을 했다 악보 사이 짐승들이 우글거렸으나
눈 속에는 비늘을 번뜩이며 길을 묻는 음표들, 하이에나를
눕히고 발라드를 찾아오겠다 놈의 심장에 꽃을 던지겠다

운석 지대로 새를 날렸다 별을 깨며, 최초의 노래를 듣겠
다 돌 속으로 돌아가 마지막 악기가 되겠다

자주색 달이 뜨는 밤 담장 밖으로 뛰어들 때, 이 메트로
놈 소리를 따라가거라 남은 빛을 건네는 물고기

다시 환해질 때까지, 나는 자두를 쥔 손에 힘을 주었다

표범
—캔슨지에 6호 연필

바깥귀를 접은 지 오래, 나는 나를 완성시킬 수 없네
위대한 설산의 구두 소리는 내 것이 아니고
신문지에 스케치한 카카리키*는 나무에 도착하지 않았네
하지만 너라는 그림자는 뜻을 굽힌 적이 없지
캄캄한 그 혀 속으로
옛집 새가 들려주던 휘파람 한 토막을 들려줄게
벌거벗은 음들이 서로의 무늬를 섞을 때
마침내 내게도 객관적인 입술이 생기는 거야
붉은 달을 부르는 순간 네 안의 짐승이 깨어날 거야
피투성이의 등을 문대던 꽃나무와
물 빠진 오두막이 네 것이 되겠지
노래를 멈추지 마 해진 재킷이 갈기를 세울 때까지
날마다 초췌해지는 이 몸의 얼룩들을 가져가
늙은 새의 눈에 비친 불빛 따윈 잊어버려
필갑을 열면 종이 밀림의 심장이 타는 밤
네 눈 속 두 번째 달이 둥글어질 때
가라 표범
성대가 녹아내릴 때까지 변방을 달려
휘파람도 불 수 없는 밤

국적 없는 네 울음소리가 또 다른 너에게 가닿을 수 있도록

* 카카리키: 멸종 위기 앵무새.

입체적 눈물
—종이 인류

나는 본문 밖의 존재야

서쪽을 바라보는 사내의 눈이 고래처럼 어두워질 때
줄거리 밖으로 튕겨져 나오고 말았지

움켜쥔 나뭇가지 하나, 희미한 손금처럼 멀뚱거릴 뿐
수시로 꺾이는 하체와 밋밋한 얼굴이 부끄러운 내 실체야
가위를 든 달이 뜨고 책장 속 어둠이 술렁거릴 때
재빨리 가위를 낚아채 눈을 벌려주었지

가난한 내 이야기는 사내의 포켓 안에서 더듬거리고
내 눈 속으로 건너온 고래가 잃어버린 문장이 되려 할 때

21쪽 분홍 모서리를 찢어 입술에 붙이고
남은 조각 불어 가슴으로 밀어 넣었지

목차와 목차 사이 깊은 숲이 깨어나는 오늘은
한 권의 눈물을 다 읽고 간 고래의 연안이나
색종이 한 묶음과 달이 펼쳐놓은 도시의 명암에 대해
논하고 싶지 않아

다만, 한 번도 소리 내어 읽지 못한 불모지
내 몸의 사막을 흐르는
보라색 잉크 방울에 집중할래

그러니 울지 마
지금은 입술을 버려야 할 때
찢어진 페이지 속으로 고래가 돌아올 시간

찢어진 청바지
—닭과 나와 좁다란 하늘

무릎을 찢기 전, 나는 새를 쫓는 소녀였지
딸기 덤불에 숨긴 원피스를 생각하면 눈물이 날 때도 있지만
푸른 혈통의 내 이름은 상처투성이 다리와
지리멸렬한 주머니들을 포함한 말

그해 첫 꽃이 지고 아침의 이마가 어두워졌을 때
나는 나를 복제하기 시작했지
자신이 누구인지 모른 채 주머니마다 낯선 나를 채웠지
나는 매일, 또 다른 나로 환생되거나 사라져갔지

주머니가 썩어 들고 두 다리가 나를 지탱할 수 없을 때
나는 나를 찢었지 그리고 반문했지
붉게 타는 볏을 달고도 우리 집 새들은 왜
한 뼘의 하늘도 얻지 못하는지
암탉들은 죄도 없이 이웃집 담 밑이나 막다른 골목에서
그림자로 발견되는지
덤불 속의 병아리는 제 어미를 알지 못하고
날렵한 발자국을 갖지 못한 무릎엔 피가 고여있지만
청바지를 입는 시간은 새로운 문이 열리는 시간
닭과 나와 좁다란 하늘이 겹쳐지는 때

나는 청바지를 입지 오늘도

주머니 속의 수많은 나를 뒤집지

정강이 속 마지막 이름이 이 세계를 부인하고 날아오를

때까지

무용수

　태양이 자두나무를 지나가네 고서에는 일곱 부족이 쓰러지자 일곱 부족이 남았다고 씌어 있지 첫 북 하고 외치니 벽화 속 순록이 뛰어오르네 사흘 푸르고 사흘 붉어라 외발로 지탱하는 하늘

　위대한 전사가 있었던 거라 종족의 운명을 짊어진 자의 외로운 춤, 그의 꿈엔 언제나 짐승들의 초원이 화산처럼 끓었던 거라 자식들은 털로 덮인 자두를 손에 쥔 채 지켜봤겠지 불의 문장이 첫 그늘의 기억을 토해 낼 때까지

　연기가 지켜준 원주민 소녀, 순록을 향해 화살을 뽑아 드네 벽 밖에서 몸이나 풀자 했겠지 조금씩 따뜻해지는 심장에 북소리를 들려주며 낯선 꽃 냄새를 제 것인 양 뺨에 대며 하지만 덮을 수 없는 책, 일곱 하늘을 돌아온 피의 리듬, 이 비린내를 어쩌나

　오늘도 나는 눈이 풀린 채 홀로 돌아가네 자두가 빠져나가던 손의 파문, 순록을 쫓던 화살이 날아와 청바지를 찢네 춤을 출 때마다 내 복사뼈가 우네

범람하는 자두

늘대가 될까 고민하던 때가 있었어
손가락을 뚫고 나오는 어둠을 벽에 바르며
하늘을 향해 고개를 비틀기도 했어
허기진 저녁이 가고
새벽에 받아놓은 달의 눈물이 질척거릴 때
나무의 어둠도 피 흘리던 이파리도 사라지고 없었지
이후 내 그늘에는 빈 의자가 놓였지
자두처럼 예쁜 계집을 갖고 싶다는 너의 뜻은
땅속 깊이를 알지 못하고
뿌리를 피해 도망만 치며 살아온 나는
지상으로부터 20센티 위에 떠있어야 했으니
야성을 잃어가는 발톱과 절룩거리는 의자의 이야기는
끝을 알 수 없었지
자두를 꿈꾸지 않았으면 어땠을까
그늘을 버렸으면 구름 위로 날아올랐을까
새로 못질한 의자 위 의혹의 접시가 흔들리는데
푸른 쪽이든 썩은 조각이든 버릴 수가 없네
상처 줄 맘 없었다는 너의 말이
아직 저 붉은 원 안에 살고 있으니
라면 박스를 뚫고 나온 울음소리가 귓속을 돌고 있으니

분홍 당나귀

옆모습에 관한 전설 하나 들려줄까?

내 왼쪽 얼굴은 이야기꾼이었지
청중이 던져주는 꽃을 뜯어 먹으며
갈채라는 날개를 퍼덕이며 조금씩 날아올랐지
별에서 별로 옮겨 가는 주인공과 낭만적인 문장들
그러나 빈 화병이 뒹굴 때면 그믐달처럼 희미해져 가는
반대편 얼굴을 내려다보며 눈물 흘렸지
어느 바람 부는 저녁
목젖을 빠져나온 글자들이 입술 밖으로 뛰어내릴 때
그는 새로운 꽃을 찾아 떠났지
거문고를 메고 파교*를 건너, 겨울 골짜기를 헤맸지
마침내 늙은 나무 아래 닿아 거문고를 탈 때
오색 고깔에 필묵을 든 달이 봉우리 위로 솟아올랐지만
긴 혀를 접으며 그가 다리를 건너오고 말았지
벌름거리는 코와 만단설화를 잃어버린 이 행성이
점점 기울어지고 있었기 때문 내 오른쪽 얼굴이
꽃씨 대신 얼음 조각을 키우고 있었으니까
홀쭉한 그 뺨의 수수께끼가 이야기의 시작이었으니까

파지와 고지서가 얽힌 방 나른한 연필 끝으로 돌아와
제 그림자를 밟고 있는 분홍 발굽, 면할 수 없는 내 죄는
산경山經 해경海經, 괴기 발랄한 그 어떤 이야기에도 미
혹되지 못한 것

다시 바람이 부네

* 파교: 맹호연이 첫 매화를 찾아 건너갔다는 다리.

모란

아픈 귀에 살이 오르면 반쯤 물든 치마가 처마에 걸린다

수렵의 정강이를 찢어내며 육교와 지하도를 건너가는
허리 잘록한 원피스
치마 속에 잠든 사슴과 은협도와 꽃매듭 속의 손가락

나는 피 묻은 비단 조각을 바친다

창을 던지며 피리를 불며
한 시대를 기워온 검정 치마의 그늘 앞에
민무늬에 나비를 꿰매 준 어미의 굽은 손가락에
야생으로 던져진 첫 드레스의 눈물 앞에
마지막 페티코트를 펼쳐놓은 모든 날개 앞에
불쑥불쑥 대열을 이탈하는 내 바늘 끝에

나는 치마를 들어 올린다
모란 속에 살던 건달과 별빛과 피리 소리
녹슨 바늘이 건네준 폭풍우 얘기로 꽃의 귀가 뜨거울 때

흩어진 치마들에게 묻는다

해진 밑단 아래 숨은 역사에 대해
제 분홍을 다 뜯어 먹히고 가벼워진 늙은 모란
부끄러운 몸뚱이를 둘러준 푸른 잎들과
그 눈의 죄를 읽게 한 내 치마의 붉음에 관해

나비의 집

번데기, 라는 말은 덫이다 이름을 부르는 순간 우리는 어둠 속에 갇힌다

파기한 종이에 누워 말과 말의 간극에 대해 생각하는 아침, 한 줌의 재를 물고 와 터널 앞에 바치는 새들

우화라는 소리에 점박이 문장 하나가 굴 밖으로 날아간다 삼촌의 사진 위에 꽃을 얹으며 할머니는 되씹곤 했다 내가 죄가 많아서……

꽃나무와 삼촌의 무덤을 오가던 할머니의 말은 입을 묶었다 나는 문을 닫은 채 서있었다 죄 하나에 무늬 하나, 꽃가지가 휘어지던 오후 모든 말을 버린 그녀가 연기 밖으로 떠나고 내가 뱉은 글자들이 꿈틀거리며 온몸을 기어 다녔지만

알 수 없었다 간신히 터진 입속, 내 혀가 감춘 것이 나비인지 돌멩이인지

우리가 한 마리 늑대였을 때
　—월소月梳

나무 달을 깎는 꿈
당신이 빗겨 주던 머리칼이 거울 밖으로 날아갔다

장미도 모란도 싫어라 나는
송곳니가 아름다운 짐승이 되기 위해
각두殼斗로 잇몸을 파헤친다
첫 그늘에 숨긴 반 조각, 빛을 품고 기다린다

인간이란 상상력이 지나친 종
문이 닫히고 생시의 입술은 슬퍼라
꽃 냄새를 긁어낸 손바닥엔 얼굴을 버린 지문 하나
흐린 거울 속 뒤꿈치를 문지르고
나는 그믐의 발굽 소리를 따라 벌판을 달린다

그대는 어느 나무 어떤 가지가 떠나보낸 그리운 말일까
모든 봄, 모든 꽃의 날숨을 비린 혀에 얹어보는 밤
결백해라 오래된 눈물 자국을 펼쳐놓은 당신의 옆모습
다시 찾은 달을 네발 깊이 감추고

나는 밀려드는, 길이 무성할 온몸의 털을 빗으며 히죽
웃는다

물소 가죽 트렁크

이 진창에 발을 빠트린 게 언제였나

흔들의자에 누운 한 마리 검은 가방
플라밍고 떼를 물고 날아오른다
좁은 방이 엉덩이를 틀 때마다
반쪽 태양이 굴러가고 꽃들이 쓰러진다

나막신 한 켤레에 팔아버린 오랜 꿈을 생각할 때면
뱃속이 부글거렸다
바람의 길, 꽃의 길, 코끼리의 길 엉겨 붙었다

몇 번의 생을 갈아엎더라도
첫 웅덩이로 돌아가리라 술 냄새를 끌고 온 밤
지퍼 밖으로 새어 나오는 울음소리를 들었다
구석방에서 말라가는 초원
오늘도 몸 어디선가 꽃이 피고 지는데
흙 수레가 뒤집히고 나무거울이 망가져도
아네모네 눈표범, 밀림에 속한 눈빛을 기억해야지

발목을 조여오는 장화를 벗겨 내며

더러운, 작업복 같은 열망을 바닥에 팽개치며
날마다 나를 내던지는 막다른 길 위에서
어둠의 입술처럼 캄캄한 가죽을 안으며

기타를 메고 어디론가 가는 소년의 뒷모습을 보고

소년은 언제나 기타와 함께였다

이별을 연주한 적 없는 그가 다른 별로 떠날 때
나는 비밀 악보를 입에 넣고 피 맛이 날 때까지 굴렸다
한 숟갈의 꽃말과 침이 겉돌던 봄이 가고
우리의 뒷마당이 검은 연기로 차는 동안
그의 얼굴에는 턱수염이 돋기 시작했다

삼키지 못한 노래들로 입이 무거워져 갔다
만화책을 집어던진 내가 교복에 어울리는 구두를 고를 때
시간은 과녁 없는 화살을 날리고
군화 속의 샐비어를 키웠다

지루한 힘겨루기가 이어졌다
모의 훈련과 사이렌 소리로 메스꺼운 날들
소년이 처음으로 들려준 노래에 녹이 슬기 시작했을 때
나는 하모니카를 잘 부는 걸인에게 유니폼을 벗어 주며
이 우스꽝스런 행성을 벗어날 방법을 묻곤 했다

이후로도 어린 병사들은 겁먹은 얼굴로 국경을 넘어갔다

가벼워지고 싶었다 그를 기억하는 모든 날이 가려웠다
우리가 구두에 실어 보낸 노래들은 어느 별을 걸고 있을지

입속의 음표를 뽑아 허공으로 던지면
기타를 메고 어디론가 가는 소년의 뒷모습이 보였다

제2부

고래를 간질이는 법
―멜로디언

누이의 첫사랑은 뺏고 싶은 영원한 레퍼토리다

이젠 아무도 부르지 않는 노래
그녀를 그리는 꽃과 입술이 부끄럽다
아름다운 늪 집의 전설은 떠도는 이야기일 뿐일까
우린 언제 바다로 가나요
이탈한 음들이 풀잎처럼 날아오르기도 했지만
검은 구름은 또 다른 웅덩이를 만들고
어느 겁 많은 눈과 흰 손이 이미 내게 와있었다
이 어둠의 궤도를 따라 돌면
우리의 시작을 알 수 있을까
온 생을 쏟아부은 봄
누이가 벗어놓은 신발이 꼬리를 튕겨 올릴 때

연두 한 칸, 분홍 두 칸
보름달이 뜨면 도망가리라던 그녀의 수화처럼
손가락 끝의 물고기 한 마리, 길을 트기 시작했다

푸른뺨벌잡이새

흔들리는 밤, 어머니는 돌멩이를 얹어
관념적인 내 얼굴의 달빛을 깊이 앉히곤 했다
잡히지 않는 조각들이 눈물이 되어 흘렀다

거역할 수 없는, 광대뼈는 구체적이다
보따리를 이고 사막을 견디던 여자도
북소리를 끌고 바람 속을 통과하던 그의 사내도
이 가파른 옆모습에 새겨져 있다는 거다

그러니까 여기에는
코가 눌린 새소리와 발가락이 뭉개진 슬픈 낙타들이
흉터처럼 살고 있다는 것이다 그러니
얼굴을 찡그릴 때마다 피 묻은 신발이 구르고
젊은 이방인의 울음소리가 온몸을 덮었다는 말인데

얼룩을 뒤집어쓰고 구르는 돌멩이처럼
지금의 나는 삐걱거린다
내 왼뺨의 이야기는 모두 거짓인가
나는 호기심 많은 작은 떠돌이일 뿐
위대한, 몸을 사리지 않는, 따위의 말과는 무관하다

달빛이 가장 긴 그림자를 만드는 밤이면
고서를 읽어내듯 얼굴을 만진다
외진 방 창문을 열어
숨죽였던 발자국 소리를 풀어놓는다

새를 그리는 사람

그러나 여기가 끝은 아니라고
저 위쪽 달의 젖은 뺨을 보며 달리는 붓질
낡은 벽을 채운 새들과 구석에 쌓인 새똥
그는 새처럼 우는 사람
누구보다 달의 눈꺼풀에 가까운 사람
제 눈물과 같은 꽃씨를 새의 눈에 심는 사람
이 방을 끌고 날아가라고
이렇게 퍼덕이는 방을 보았냐고
좁은 방 가득 활짝 핀 눈들이 떠다니지만
그는 새를 죽이는 사람
한 마리를 팔아 연필을 바꾸고
또 한 마리를 잡아 빵을 얻고
그러나 새들이 일제히 눈을 감는 날
그의 하늘은 붉은 구름이 솟구치곤 하지
삐걱삐걱 쉴 새 없이 돌아가야 하는
그는 새의 노예가 된 사람
죽은 꽃을 치우느라 심장이 식어버린 사람
새는, 가장 빛나는 슬픔으로 반짝여야 한다고
달을 향해 점프하는 새보다 더 새 같은 사람
그러나 한 번도 날아본 적 없는 사람

새들이 모두 날아간 그때엔

마지막 씨앗을 물고 잠이 들 사람

이글루
—제비꽃 로켓

사람들은 알지 못하지
내 속, 얼음집엔 새알 하나 숨어있다는 걸
깊은 상처만이 부화시킬 수 있다는 핏덩이
수술을 거부한 노파는 주름을 깔고 앉아
어깨를 구부렸다 펴기를 반복했지
평생 걸치고 있던 속옷 같은 꿈을
낡은 목숨과 바꿀 수는 없다고
내가 그림을 그리기 시작한 건 제비꽃 때문
그해 첫 꽃을 이글루에 보내준 당신 때문
새를 얻기 위한 비법들은 스스로를 달구며
붉은 손바닥을 보라색으로 덮어버렸지만
나는 한 번도 온전한 새를 날리지 못했지
솜이불 하나 마련하지 못한 채
온 생을 궁리해 얻은 깃털 몇 개
위태로운 발목에 파닥이는 노랑을 덧칠했을 뿐
클라이맥스에 닿지 못하는 내 색과 빛은
번번이 공기주머니를 엎지르곤 하지만
명랑한 집은 언제나 구름을 보관하고 있지
단단한 흐느낌을 품고 폭발하는 얼음덩이
겨울은 지금, 내 눈물이 키운 제비꽃을 발사 중

반쪽 새를 위한 구체적인 하늘과

내 열망의 속도를 체크하는 중

국화와 풍뎅이
—꽃가루[*]

깨진 피리를 만지면 울음소리들이 일어선다
꽃가루는 가슴 중앙
소리가 멈춘 곳에 모여있었다
들것에 실려 온 소년은
굴속에 누워 천천히 귀를 접었을 것이다
벌레들이 흙의 문자로 생을 필사하는 동안
마지막 해와 달을
눈동자에 심으며 고요해져 갔을 것이다

마흔이 넘도록 귀를 다스리지 못했다

풍뎅이 문신을 하고 문을 닫는다
낯선 악보를 읽는 입술에 불꽃이 일 때, 소년은
동굴 같은 방, 내 거친 어둠으로 건너와 피리를 분다
풍뎅이가 붕붕거리면 국화가 일어서고
한 줌 꽃가루를 눈에 넣고 귀가 밝아진 나는
가루가 된 음들이 악기 속으로 돌아올 때까지
피리 소리로 그림자를 닦는다
벌레들이 풀어놓은 음률이 골목으로 퍼져가고
입술에 겹쳐지던 향기가 번져갈 때

막힌 귀를 뚫고 나오는 시간의 울음 덩이들
풍뎅이를 모두 날리고 다시 어두워진 나는

첫 국화가 다녀간 빈손을 꼭 쥔 채
벽장 속에 감춘 소년의 숨소리를 듣는다

＊ 꽃가루: 청원 두루봉 동굴에서 흥수아이와 함께 발굴된 구석기 시
대의 꽃가루. 국화꽃으로 추정됨.

물속에 가라앉은 꽃무늬 치마

통통한 치마가 홀쭉한 치마에게 들려주네

식당 부엌에서 여자가 젖은 달을 닦네

달의 젖은 묽고, 꽃의 누수를 막는 치마는 숨이 찼네
커튼 저편의 첼로 소리는 별에 가까웠고
나비의 저녁들은 쟁반 위로 피어올랐지만
그늘에 엎어놓은 달에선 생선 냄새가 풍겼네
비닐 앞치마에 갇힌 얼룩덜룩한 나비처럼
그녀의 기도는 한결같았네
거품 속 여자가 마지막 달을 들어 올렸을 때
노랑 치마가 파랑 치마에게 일러주네
암소보다 표범, 백합보다 패랭이로 살아있을 것

목덜미 푸른 생선 장수가 여자를 업고 다시 계단을 오를 때

뚱뚱한 꽃 홀쭉한 꽃 노랑 꽃 파랑 꽃 밤의 난간으로 몰려와
펄럭였네 오래된 치마를 찢었네

길고양이 리본 풀기

이 바닥에 익숙하다 고양이란 말을 배우기 전, 이미 던져진 존재, 펄럭이는 온몸이 흉터다 굴뚝을 잃은 새들이 공중에서 사라진 저녁 죽은 발자국에 물을 주면 달 속에서 꽃피는 소리가 자란다

나뭇가지에 엉긴 리본 한 장이 전부인 생, 상처를 포개며 돌아오는 마지막 주홍이 네가 아니다 그림자에 붙어 나방이나 쫓는 파랑도 네가 아니다 달의 두 번째 발가락을 무지개로 착각했다거나 달리아처럼 우는 물고기를 사랑한다는 고백은 너를 완성시킬 수 없다 그러므로 달리아는 매일 피어나고 집시의 심장은 오래도록 명랑해야 하는 것이다 해진 리본에서 만져지는 거친 숨과 연기 냄새, 언저리를 떠도는 우리는 이 세계의 잡종

새들이 달의 소리를 삼켜갈 때 눈물 자국을 파낸다 손끝으로 건너온 얇고 비린 것의 온기가 사라지기 전, 막다른 골목의 구멍 속으로 빨려 들기 전

동굴
―원시의 애인

고독이란 말에는 작은 구멍도 미치게 하는 힘이 있나 봐

썩은 열매를 깨물자
고대인의 꽃가루를 숨긴 동굴처럼 귀가 깊어지네

잠든 별을 불러내어 주문을 외우면
귓속의 짐승 한 마리
벽화 속의 얼굴을 고치고 있네

왼쪽 엉덩이를 때리면 고양이 울음소리가 들려
그것은 귀의 착각
단순한 문이기를 거부하는 구멍들의 반란
사랑해 고백하고 붉어지는 아득한 입술

지루한 편지를 찢듯 돌벽을 두드리면

아무것도 모르고 흥얼거려 온 노래와
잠자던 그림자가 술렁이기 시작하네

소리 없는 숲과 들, 천 년 전에 죽은 애인의 입과 귀가

깨어나네
　두툼한 책 어디서도 읽을 수 없는 향기

　분첩 위에 앉아 고양이가 우네
　아침 벽에 새겨 넣을 삼색 뿔, 해와 달이 내겐 없는데
　수천 년을 뛰어넘은 꽃이 좁은 방에서 피어나네
　압축된 시간을 풀며
　늙은 짐승의 눈 밖으로 지상의 모든 말들이 걸어 나오네

사냥, 그리고 육식의 슬픔
—투화投花

우린 이제 아름다운 사냥감을 돌에 새기지 않는다

달구어진 불판이 날아갈 듯 앉아있다

부족의 창에 걸려든 작은 짐승
마지막 숨이 고요한 지층을 흔들 때
꽃잎 같은 긴 임종을 불 속으로 내던졌다
짐승들이 인간을 사냥하던 그때
저들도 심장을 올려놓은 돌 앞에 앉아 노래를 불렀을까
어금니에서 귀로 건너가던 낯선 종의 울음소리
살생의 분홍빛이 빠져나갈 때까지 바닥을 긁었을까

가든 창밖의 별이 흔들렸다

동굴처럼 깊은 눈을 끔뻑이면
원시의 시간을 벗겨 낸 뺨과 입술
고독한 팔다리를 가진 족속에 대한 그리움으로
혀와 입술이 잠깐 얼어붙기도 했을까
그렇게 서로의 상처를 엿보는 슬픔 하나씩을 지니게 된 걸까
낄낄거리며 뜯어 먹는 이 살점의 주인은

어쩌면 내 까마득한 날의 사랑일지도 몰라

불 속의 나와 불 밖의 내가
서로의 영역 너머로 꽃을 던지는 이 음흉한 저녁
비린 눈썹 한 쌍이 건너왔다

단비

나는 귀가 커서 슬픈 종
새가 돌아오는 저녁이면 생각이 많았다
처마 밑의 꽃들이 제 비밀을 꺼내 볼 때면
소리들은 부서질 듯 부풀어 오르고
입술은 말수를 잃어갔다

별빛 환한 밤
거인이 흉터에 가려졌던 몸을 드러낼 때

접혀 있던 그림자를 펼치면
꽃지짐에 술 사 오던 저녁이 기울어진다

내 어둠의 근원은 탁한 피 한 줌

일생, 붉은 지짐 푸른 독사주로 피를 달래다
얼어 죽어도 좋겠다는
꽃의 생각을 다 피워 낼 수 없지만
새의 눈물을 모두 먹어치울 순 없지만
이 비탈만은 양보할 수 없다고

또 한 번 굽은 귀를 빠져나오는 이름

단비

오카리나

어느 저녁 당신이, 강가에 서있을 때
푸른 견장의 후투티 한 마리 날아가던가요?
생강, 앵두, 잘못 익힌 말들이 호루라길 불던가요
내가 지켜낸 것들이라야 노란 생강나무와 바위 앵두
야무진 새의 주둥이를 입에 무는 순간
내게 악기를 판 페루 남자가 생각났어요
이글거리는 붉은 눈의 사내가 다가왔어요
나는 생강꽃이 지는 일보다 당신의 기억이 녹는 것보다
중심을 잡지 못하는 여음이 서러워 멍하니
그이의 목에 걸려 노래하는 새를 바라보았죠
텅 빈 갈빗대의 고백을 곰곰 외우고 있었죠
바람 부는 섬에서 다시 만났을 때의 몰골이란
세상에나, 당신의 심장 같은 꽃은 지고
다시 싹 틔울 씨앗 하나 남지 않은
우리들의 황폐한 페루
그 남자, 심폐소생술을 하듯
배들거리는 화분 속으로 두툼한 입술을 밀어 넣었죠
파닥거리는 새를 날려온 검붉은 목
앵두 앵두 생강
악기 상자 속에 사는 작은 페루의 유령

뼈 모으는 사람

어쩌다 내게로 왔을까 캄캄한 뼈 한 조각
여린 꽃 냄새

소녀가 천천히 팔을 구부렸다
소년, '날마다 일어서는 아침'이 나무 아래 묻힌 후
그녀의 일은 흩어진 뼈를 찾는 것

우리의 그믐, 뼈를 만지는 손들의 밤
늑대의 굽이치는 골반과 독수리의 눈썹을 세우고
목이 긴 달의 원형을 빚은 그녀가 쓰러졌다

어린 샤먼의 몸 위로 달빛이 쏟아졌다

검은 시간의 입구, 노래를 부르자
나무의 입이 벌어지기 시작했다
붉은 전사의 무덤이 흔들리고 사슴이 달려왔다
문과 문, 그림자와 그림자가 스며드는 저녁

인디언 소녀가 연노랑 제 뼈를 가지에 걸었다
'손바닥 위의 작은 꽃'은 그녀의 이름
눈물이 돌았다

달이 뜨면 아버지가 낚아 온 물고기가 꽃처럼
피어난다
―인면어

살구색 입술을 가진 여자가 있었다

하모니카를 물리면 입술은 나만의 노래가 되었다
나는 외길을 쫓아온 생선 장수의 후손
리본이 묶인 그녀의 지느러미에 빠져 살았다
계단을 내려갈 때면 낯선 냄새가 발등을 덮었다

달빛 한 점에도 눈이 무르는 시절
그 입술에 몸을 문대며
사내들이 버린 꽃을 껴안았다
밤이면 첫 바다로 빨려 가는 꿈을 꾸고
아침엔 살금살금 뿌리의 결의를 훔쳐냈다

몇 바구니의 꽃을 팔아먹은 날은
꿈속까지 비린내가 쫓아왔다
단순한 노래란 어디에도 없었다
바닥과 벼랑을 오가던 하모니카는
옥탑방 난간에서 알몸을 내던졌다

물고기에 미쳐 떠돌던 아비는 정작

바다에 닿은 적이 없다는데

입속의 물고기를 끌어내 칼을 갈았다
달의 인중 사이로 울음소리가 고일 때까지
물소리 끊어진 옆구리 한쪽에
살굿빛 지느러미가 돋아날 때까지

제3부

당신의 새장
—새 뼈로 만든 피리

이것은 새의 다리에서 길어 온 마지막 이야기
조개무지 아래로 이곳의 빛과 계절을 흘려보내요
새의 상처가 아물 때까지
내 앙상한 종아리로 당신의 숨결이 옮겨 올 때까지
금 간 악기에 난 구멍은 우리들의 눈과 입술
뱀처럼 앉아, 낮과 밤의 피가 섞이던 순간을 떠올려봐요
조개껍데기만 한 한 뼘의 하늘이 우리의 전부지만
당신의 손자국을 따라 흰곰이 깨어나고
검은 말들이 골목을 달려요
오래 앓은 나는 서리 맞은 뼛조각을 이으며 뭉클뭉클
눈물을 모아요
열세 조각의 반란, 빙하를 녹이는 울음소리에
난로 위의 봄이 끓어오르고 주저앉은 시간이 일어서요

이것은 아픈 다리들이 부르는 최초의 노래

약봉지를 비우면 다시 뭉클 깊어져요
발코니에 남겨진 당신의 새장

달처럼 슬픈 기타

옛집 벽장 속에 단풍나무 숲이 있었다

숲의 끝, 누이의 무덤까지 달이 차오를 때
나는 노루보다 겁 많은 사나이
오줌 누러 나온 노루의 눈을 파먹고
풀 냄새 나는 누이의 우물을 바닥내고도
허기진 손의 두려움을 메울 수 없었다

단풍나무로 만들었다는 기타를 가진 사람이 있었다
그의 노래는 노루가 달을 쫓던 숲
가장 아름다운 나무를 베어내고 얻은 것이니
기타와 함께 자란 어린 건달의 손에서도
달의 눈물 같은 피가 흘러나왔다

그믐에 새긴 꽃 문신에 누이의 얼굴이 겹쳐질 때면
나무의 일생을 따라가던 푸른 손가락을 잘라내고 싶었다
나는 끝내, 톱자루, 병든 여자, 젖이 시큼한 달
어지러운 말로 우리들의 숲을 닫고 떠나왔지만

섬세한 내 손톱은

팔뚝에 새로운 꽃이 피어날 때마다
딩딩 뎅그렁, 노루의 울음소리를 토해 냈다
산당화, 달빛, 누이의 분 냄새로 가득한 숲을
다시 세우기 시작했다

앞치마와 검투사

어린 건달의 북소리가 국경 너머로 쓸려가던 밤
나는 작은 주먹을 꼭 쥐고 떨고 있었다

'칼잡이는 마음이 고요해야 하는 법이다'
병아리 같은 별이 빈 닭장을 긁었지만
아비들의 소식은 멀고 내 손에선 새가 울었다

어머니들은 오랫동안 전장을 떠나지 못했다
나는 굴뚝 뒤에서, 생선 골목에서
그녀들의 싸움을 지켜봤다
부뚜막의 도마에선 간간이 푸른 얼굴의 짐승이
최후의 눈꺼풀을 내리며 떠나갔다

뼛조각과 신음 소리가 어지러운 뒤뜰
팔을 뻗으면 커지는 북소리
나도 물려받은 문장紋章을 비린내로 물들이며
그녀들의 세상을 살아야 할까

이것은 저녁이면 붉어지는 손바닥의 내력처럼
거역할 수 없는 뿌리의 문제

무릎을 구부리고 늙은 이름을 외우면
등을 뒤집는 다락방의 전사들

검은 머리 뒷산이 우리 집 맑은 기운을 빼앗아 가도
나는 결코, 몇 점의 고깃덩이를 위해 검을 뽑진 않을 것이다

투구를 벗어 도마 위에 놓으며
나는 처음으로 눈물을 보였다

지금은 새로운 달이 필요할 때
—마상월도馬上月刀

보름달이 뜨면 잃어버린 얼굴에 피가 돈다

저 빛을 죽이면 조용한 저녁을 가질 수 있을까 큰 달을 훔쳐 장롱 속에 감추고 어지러운 밤이면 달을 깎는다

자시에는 반달, 축시에는 그믐달이라

용의 입 모양을 가진 자루와 여의주를 새긴 칼날, 이것은 해모수가 차던 용광검도 아니고 호랑이 년 호랑이 월에 빚은 삼인검도 아닌 달빛을 벼려 만든 것

검은 달과 부딪히니 새가 날아가고 마른 달의 두꺼비가 깨어난다 두 뿔로 솟구치며 혀를 널름거리는 검과 그림자, 늙은 목마가 뒷다리를 잘라낼 때 서쪽 창 너머로 달아나는 밤

거친 숨소리를 가다듬는 것이다 말도 나도 수숫대 위의 바람, 홀로 우는 TV 소리에 귀를 맞대며, 갓 피어난 풀 향기 이웃집 밥 냄새에 혀를 달래며 고요해지는 것이다 또 다른 달이 떠오를 때까지

유리나방

건달도 놈팡이도
잠잠하다
북소리 끊어진 밤
모르는 사람이 꽃을 들고 찾아온다면
꽃을 안은 순간 돌멩이가 되었다면
눈 코 입이 사라진 얼굴이었다면
배가 고프다
손을 펴면 반쪽만 자란 달이 하나
앞만 보고 달려왔다 믿지만 손금은
밥줄을 따라 옆길로 뒷길로 구부러져 있다
돌멩이 속의 사람이 눈썹을 붙이고
연지색 입술과 푸른 턱선을 찾아가는 동안
나는 돌멩이와 꽃을 오가며 서명을 한다
돌멩이의 이름에 진물이 흐를 때
잃어버린 이목구비를 쫓아 떠난다
떠밀린 뒷골목에 날개의 기억을 누이면
늙은 악사의 독백처럼 봄날은 아득한데
누군가 되돌아와 꽃을 내민다면
꼭 잡은 손이 다시 뜨거워진다면

다금바리

낡은 슬리퍼 끌고 골목으로 나왔을 때
깊은 바다에나 산다는 전설 속 돔 한 마리
구름 사이로 떠올랐다 야
우물가, 찌그러진 밥그릇이 빛나는 밤
언니는 크레용으로 그린 다리를 달고 방 안을 기었다
나는 빛 받으러 오는 바람을 기다렸다
야, 먼 달 한편에도 산동네가 있어
오른뺨 분홍이 노랑 허리 잘록이
나무 아래 앉아 물고기를 먹고 있다 야
구부러진 내장을 타고 흘러나온 눈물
비단 구두가 떠내려간다
아흔아홉 달은 금빛 심장 채워놓는데
나는 비린내나 풍기는 붉은 전갱이 새끼
언니의 다리가 너덜너덜 닳아지고
가시만 남은 집이 어둠 속으로 사라질 때까지
비탈도 모르는 건달 하나 붙들고
키득키득, 춤이나 추었던
양철지붕 위의 달, 찢어진 슬리퍼가
날개처럼 부드러운 밤이었다 야

마녀와 건달

떠돌이 건달에게도 가슴이 울릴 때가 있지
피투성이로 얽힌 투전판
염소의 눈에서 내 눈을 보았을 때
달의 방이 부풀어 세상의 구멍들이 환해질 때
그 구멍 하나를 몰래 들여놓고 뒤척거릴 때
레종 블루 담뱃갑만 한 방에 누워 쓰다듬는 수염
연기로 만든 사향 장미 청띠 나방 다시 쫓다가
문득, 앵두나무 아래 살던 그녀가 그리웠지
처음으로 시간을 되돌리고 싶었지
비루먹은 심장이 뛰고 있음을 알았지
내 피와 영혼을 취한 후 날로 아름다워지더라는
앵두나무집 그 여자
주춤주춤 뿔을 들이대자 나팔 소리 들려왔지
계절 내 그녀가 모아놓은 꽃 이름과
작은 짐승들의 가쁜 숨이 발밑에서 터질 때
닦을수록 어두워지는 부끄러운 몸뚱이
나는 뿔을 뽑아내며 달렸지
어딘지 모르고 내가 누군지도 모르고

오래된 인형

그의 휘파람 소리는 아직 귀가하지 않았다 구름이 기어 다니는 방, 창가에는 빨강 머리 인형이 있다 매일 같은 공간에서 화병을 돌보고 나비를 기다리는 동안 그와 같은 꿈을 갖게 되었을까

악몽은 질기고 가냘픈 심장 소리는 쉬운 표적이 되었다

남자의 수트가 비틀거리는 밤, 제 몸을 부수고 나온 인형이 어긋난 그의 하루를 풀어내기 시작한다 신문을 뒤적이다 얼굴을 붉히고 기타를 만지다 발코니로 뛰쳐나가고 아니다

그의 여자가 되어 셔츠를 다리고 팬케이크를 굽고 약봉지를 삼키고 눈동자가 사라진 그의 잠 속, 늙은 별의 아이를 잉태하고

스카프

우두머리가 족적을 새기듯
빛 덩어리 하나가 내게로 돌진해 왔다
산정에 도둑 떼가 덮치고 망초꽃이 요동칠 때
나는 달빛을 훔쳐 목에 두르고 도망쳤다
철망이 고쳐지고 사냥꾼이 몰려왔지만
나는 무리로 돌아가 허리 굽히지 않는다
벼랑을 옮겨 다니는 위태로운 생이 이어져도
개망초는 얼굴 붉힐 줄 모르는 망나니 꽃
올빼미의 이마를 가진 나는 가죽조끼 속
주머니나 부풀리는 못된 짐승
외로운 골짜기를 찾아오는 인간들 혼이나 빼 먹으며
달빛을 물어뜯는 늑대들에게
내 골반의 깊이와 나를 품은 영산에 대해
오래된 거짓말을 들려주는 거다
달의 기운이 다할 때까지
가장 깊은 봉우리 제단에 올라
동굴 깊이 숨긴 비단 조각을 부정하는 거다
목줄을 끊고 유배지의 하늘 위로 날아오를 때까지
바위산 하나씩 비린내로 물들이며

깡통을 든 작은 이방인
—외조부의 긴 다리를 그리며

뚜껑을 밀치며 나비가 날아가네

귀 뒤에 연필을 꽂고 움푹 팬 눈을 끔벅이며
만주로 상해로 옮겨 갔다는 외조부의 다리처럼
바깥길에서 덜컹거리던 젊은 이방인의 목처럼
난초 꽃잎 밀고 가는 달팽이

보라에 닿기 전 나는
꽃 피울 수 있는 색이란 색은 다 밝혀 보고 싶어
눈물방울 같은 이 섬, 저 꽃 냄새
내 눈을 찾아와 별을 굴려주던 노랑을 떠나
더 깊은 파랑, 포괄적인 다리를 갖는 거야
고양이의 깡통을 훔쳐 지붕을 오를 거야
찌그러진 밤의 웅덩이를 건너가는 거야

새로운 꽃을 만나지 못해도
더 많은 나비를 쫓을 수 없다 해도
침 흘리는 마음 감추지 않을 거야

뚜껑이 닫히면 길이 끊어질지도 모를

바퀴 한 짝이 전부인

가난한 몽상가일 뿐이지만

페루에서 온 종

코카 숲의 저녁
내 눈이 암소처럼 선해질 때
문득, 페루의 그림자는 40마리 짐승을 몰고 온다
당신이라는 열병이 지나간 후 악기를 샀다
페루 남자
시간의 흉터를 지닌 길 잃은 전사
나는 헬리오스의 단지를 흉곽에 품은 남자
천 년 전의 사내가 지은 소리의 집 한 채를 샀다
숲을 흔드는 그의 노래를 품었다
왜 나는
신분과 역사가 되어줄 고귀한 뿔이 아니라
날개처럼 돋은 늙은 소의 귀에 집착하는가
당신의 귓속에서 길을 찾는 내 무릎의 주문이
늘어진 저 귀를 일으켜 세울 순 없는가
죽은 태양에서 따온 이름 페루
세상에서 가장 긴 귀를 펄럭이며 내게 왔지
음우우 숲을 흔드는 환영의 울음소리
그리운 페루 남자

꽃이 필 때 바다는

종을 멘 남자가 바다로 가는 길을 물었습니다 수레국화 촘촘 엎드린 치마가 비늘로 덮이는 꿈, 두 눈 가득 붉은빛이었습니다

흠집 없는 달을 먹어야 산다는 여자, 흩어지는 종소리 속으로 새끼를 뱉어냈습니다 흰 수레가 검은 수레의 정강이를 만져주던 저녁이었습니다

물무늬 엉성한 산호 하나가 그녀의 전부였지만 그의 입술 위, 비로 내리고 바람으로 날리며 오래된 강물을 건너고 있었습니다 저녁 행성이 아침 행성의 상처를 핥아주던 순간이었습니다

종소리가 그친 후에도 여자는 꽃의 밑그림을 놓지 않았다는데

주머니 속의 산호가 단단해집니다 막 눈을 뜬 새끼가 달을 베어 물고, 종지기 사내가 남긴 꽃 냄새가 지느러미를 흔들던 그때처럼

연화蓮花

꽃과 보낸 날은 웅덩이가 투명해지오
막 분홍을 지나온 연화가 저기 있소
조금 더 붉은 연화가 있소
가둬둘 수 없는, 시뻘건 연화가 있소

700년 만에 깨어났다는 꽃씨 이야기를 들은 적 있소?

물고기를 닮은 내 첫사랑은 연화요
아직은 잠들 수 없다는 누이의 이름이 연화
여전히 깨어나지 못한 외할미도 연화

연화였소 내가 아는 사람들은 모두 연화, 둥글거나 각
지거나
제 슬픔에 집중할 수 없는 꽃들

어떤 연蓮은 바닥이 싫어 젖은 옷 찢어 줄을 엮었소
또 어떤 연蓮은 제 향기에 절어 뒷골목을 떠돌았소
다른 연蓮은 더운 국밥 말아 웅덩이들을 먹였소

어디에나 피어있지만 아무 데도 피어있지 못하는

떨어져 나온 꽃잎 하나가 반쪽 연화를 깁고 있소
취한 바람이 지켜보다 갔소
누구의 가슴엔들 구멍이 없겠소?
주저앉힌 웅덩이 하나 있지 않겠소?

수장된 연화들이 다시 얼굴을 닦기 시작했소
점점 뜨거워지고 있소
물의 여름이, 시들했던 세상 한쪽이 노랗게 타들어 가고
있소

이 진흙탕, 한 번을 뒤집혀야 마땅할 일이겠소만
침묵하는 땅
이제 우리는, 그 어떤 씨앗도 낳을 수 없게 되었단 말이오?

제4부

리코더 수업

웃으니 푸른 복숭아가 왔다 빈 악기를 잡고 입술을 올리면 서쪽으로 검지, 북의 엄지 모래알 소용돌이다 또 손을 말며 검지

집히는 곳곳이 상처다 가을 딸기를 찾는 순록의 눈이었다가, 썩은 고기를 쫓는 독수리 발톱이었다가, 입술을 내리면 그림자가 온다

내버려 둬도 싱싱한 우리들의 사막

그늘을 만드는 건 자신이었다고, 흩어진 손가락 모아 얼굴을 씻어내면 부끄러운 복숭아 완성될 수도 있겠다고, 손을 풀며 약지

낙타가 건너간 손바닥의 주름을 들여다보는 저녁 작은 나뭇가지에 기대어 조금씩 둥글어지는 어둠을 배운다

분홍 발바닥

오래된 종아리였다
바닷가 마당으로 입술이 찢어진 꽃잎이 떨어졌다
손에 올려보니 충혈된 발이었다
나는 늙은 신발을 지고
연두색 연기 속을 지나오는 중이었다

발목을 타고 비린내가 올라온다
일생, 엎드려 살다 간 사람의 눈빛도 저랬다

날품팔이 노파와 넥타이에 묶인 사내가
차례로 꽃 옆으로 가 눕는다
저들은 밤새 태양 문신의 습기를 닦아내며
새의 춤을 배울 것이다

향기보다 날개를 원했던 내 사랑은
무릎 밑의 일은 알지 못한 채 떠났다
첫 신발의 봄이 모퉁이를 돌아갔을 때
구두를 빼앗긴 사내가 그늘을 옮겨 왔다
한쪽 겨드랑이가 부풀다 잠잠해졌다
어디든 붙어, 살고 싶다고

더 깊은 곳으로 떠밀어 보라고 나는
꽃의 마당에 앉아 오래도록 종아리를 닦았다
오래전 바닥낸 분홍빛을 들려주며
어디론가 날아간 아픈 새를 생각했다

거짓말 부족 소녀 릴리

우리들의 아침이 기울어지는 순간
양이 울었다

정오의 나무와 자두 사이에 그늘이 생기고
눈꺼풀이 눌어붙은 별이 걸어왔다

아무에게도 열어준 적 없는 그늘을 밀치며
양이 몸을 일으킬 때, 피어났다
처음으로 내 눈이 차올랐다

따지고 보면 나는
마지막까지 생존의 피를 빚져야 할 그늘이었다
일생을 탕진하고 돌아온 자두의 지붕, 늙은 별의 아이였다
바위산을 뛰쳐나간 도망자, 낙인찍힌 천사의 자식이있다
질척한 흉터 어디에나 깃들던 바람의 미립자였다
그러고 보면 부족의 모든 것이 나의 아비
나는 냄새나는 온갖 어미들의 새끼

반쯤 익은 자두, 오염된 눈물, 내가 처음 마주한 그들

은 모두

이 비린내를 구별할 깊은 눈을 가졌었다

쌍혓바다얼룩뱀

내가 눈뜬 곳은 버려진 북쪽 연못가

나를 이끈 것은 불안한 혀와 일곱 음률과

그믐밤 달을 관통하던 화살

당신의 목 뒤로 이빨을 찔러 넣은 뒤

귓속을 울리는 목소리 잘라내며 떠나왔지만

내 철칙은, 남루한 사랑을 긴 허리로 안으며

세상 바닥을 핥으며 온몸으로 간다는 것

달이 차오르면 내 피는 응혈의 덫을 풀 것이라

점점 몸은 덥혀져 오고 참을 수 없는 나는

풀밭을 뒹굴 거라 또 하나의 꽃빛 혀를 가질 거라

귀머거리 여자가 찾아와 피리를 주고 간 밤

나는 바람의 등을 때리며 달 속으로 들 거라

달의 고요한 목젖을 얻을 거라

당신은 첫 흉터를 찢으며 새끼들을 낳을 거라

핏덩이를 닦아주며 일곱 색, 내 음률을 들려줄 거라

푸른 몸의 얼룩무늬 더욱 선명해질 때

나는 다시 화살을 쏘아 보낼 거라

슬픈 날이 올 거라

비단 갑옷이 증표가 되지 못하고

꿈틀거리던 혓바닥은 갈라 터져서

활을 멘 아이들이 힐끔힐끔 연못가를 지나쳐 가는
마침내 어느 날
아비보다 큰 귀를 가진 소년의 피리 소리를 들을 거라
풀밭의 늙은 혀는 아무것도 기억하지 못할 거라

신의 피리를 훔친 과일 장수

새가 울고 있었다
그는 자신의 노래가 지루했다
목을 찢어야 얻는 짧은 아침이 서러웠다
수건을 두르고 먼 곳의 신호를 따라갔다
구름의 총성을 뚫고 해와 달을 지나쳐 갔다

나무 위의 신은 새의 목울대가 궁금했다
수염을 기르지 않고도 꽃을 다스리는 기술
홀로 나아가던 새가 나무에 닿았다
신의 흰 치마가 한쪽 가지에 걸리자
보름 동안의 밤이 이어지고
그녀의 손가락 끝에서 돌아가던 음표가 녹아내렸다

꽃들이 지고
치마가 다시 홀쭉해졌을 때
어디선가 피리 소리가 들려왔다
최초의 죄를 고백하듯
사내의 검은 구두가 한 바퀴 몸을 틀었다

꼭 한 번, 남자가 되었던 아침

건달의 트럭에는 신의 엉덩이 같은 알들이 실려있었다

나무 안에서
또 다른 새가 울었다

치마를 수놓던 물고기들은 어디로 갔나

  우물 속 물고기는 언제쯤 바다로 갈까 밥 대신 두레박을
들여다보는 날들 너는 겨우 나무칼을 손에 든 소년이었지
새로운 가시들이 목을 찌르고 우물은 날마다 싱싱한 꽃을
데려갔지만 고장 난 두레박

  매일 한 움큼씩 머리가 빠졌지 한 번이라도 우리들의 저
녁이 굽은 등을 펴고 일어설 순 없을까 알 수 없는 우물이 출
렁거릴 때 흰 꽃 번지는 나를 벗어던지며 너는 떠나갔지만

  할머니가 뒤집던 천장 낮은 집은 썩은 생선 냄새에 주저
앉고 있지만 내 치마엔 아직 눈물이라는 별들, 저녁을 일
으킬 빛이 있지 오래된 상처를 태워줄 눈 코 입, 늙은 소녀
가 남아있지

꽃씨 달이는 밤

지하 계단 내려가다 무릎을 놓쳤다 달아나는 내 발굽 날개 잡아라 비명도 못 지르고, 정강이 깊은 곳, 물렁뼈로 흘려 쓴 책에는 물고기 잡던 기린 할아범 병풍 깁던 색 할미

끈끈한 이야기로 깊어지는데 피만 붉은 집, 솟구치는 머리칼 질끈 묶은 딸은 흩어진 별빛 모아 불을 지핀다 꽃 피면 펼쳐지던 슬픈 우화, 하나의 별이 작은 나무를 사랑하여 지상의 문간방으로 옮겨간 이후 광대뼈 불거진 사내와 긴 머리채의 여자가 쫓고 쫓기는 누더기 집의 내력

나는 어느 페이지를 넘어가고 있나 투명 색실로 기운 고깃배 물 위로 띄우지 못하고 검은 종아리 주무를 때 홍화는 핀다 늦도록 빈 주전자 태우며 꽃말 외우던 그 집 딸, 무릎에 매달린 종을 흔들며 천상의 계단을 돈다 젊은 기린도 없이

푸른 모자 페락*

새의 반대편, 구름의 신부가 될까
모자는 어린 우리들의 꿈이었고
젊은 우리들의 노래였고 늙은 우리들의 그림자였다

언니의 거울을 훔쳐보는 밤
그녀의 모자는 붉은 양귀비였다가 흰 암소였다가
뱀이 되어 달을 넘어갔다

한 남자의 등에서 피었다가 훌쩍 늙어버린 언니
더 이상 노래가 되어주지 못했다
처음 보는 꽃 냄새가 다시 언덕을 넘어왔지만
버려진 수틀에 향기를 수놓는 사람은 없었다

모자를 깁던 언니는 구멍 속으로 사라졌다

모자의 나라에서는 모두 그것의 은유, 상징일 뿐

소를 끌고 간 이름이 모래 속에 묻힐 무렵
모자는 또 다른 사막을 만들었다

목을 찢어도 새는 오지 않고 구름은 꿈을 가렸지만
우리는 매일 머리를 감고 사막으로 나갔다
어디선가 나타나 줄 새로운 모자를 기다리며
한 발 더, 검은 잠의 늪 속으로 빠져들며

* 페락: 코브라 모양으로 생긴 라다크 여인의 모자. 어머니가 딸에게
물려주는 재산이다.

벗나무 인형

검은 잠의 늪
버찌만 한 꿈이 줄 위의 줄을 타요
꽉 끼는 상자 속의 하루는 늘 불규칙하죠
꽃의 감정을 속여 온 내 바디, 가슴은 딱딱하고
죽은 열매로 만든 눈엔 핵이 없지만
춤추는 순간만은 자유로워, 매일 밤
도끼날에 끊어진 시냇물이 흘러들고
휘파람을 배운 젊은 옹이들은 바람을 쫓느라
향기의 균형을 망가뜨리죠

눈을 떠요 다 같이
참새처럼 생각을 모아봐요
우리를 움직이는 건
햇빛으로 엮은 은사, 달빛을 꼬아놓은 금사
우리가 두려워하는 건
꽃 냄새를 잊은 입, 새소리가 떠난 귀

줄의 탄력만큼 두려움도 늘어나지만
뼈를 꺾는 아침이나 상처가 붉어지는 저녁에도
헌 몸 밖의 새 몸은

모가지를, 발목을 당겨요
위로 아래로 아슬아슬 경쾌한 삶
더 멋진 춤을 꿈꾸는 아름다운 관절
죽음 후에도 끊어지지 않을 이 완벽한 올가미

망고를 던지며 행복했어

달콤한 그 저녁이 생각나네
뿔처럼 견고하던 눈썹과
다른 곳을 보던 두 눈동자도 기억나네
네 등의 회오리 무늬와 내 깃털 드레스
우린 허공을 질주했지 공중그네 위의 시간을
단숨에 낚아챘지
난쟁이가 나팔을 불어댔지만
우린 참새처럼 내려앉아 열매를 깨물었지
천막 너머로 노란 망고를 던져 올리며 웃었지
네 어깨는 사자처럼 용감하고
내 겨드랑이는 새처럼 순했지만
어느 순간 거친 바람에 휩쓸리고 말았어
또 몇 번, 어둠이 몸을 감아 왔으나
나는 묵묵히 흔들려 주었지
턱을 괸 너는 언제나 바람을 기다리고
나무는 제 그늘을 품고 잠이 들었지만
어디선가 그네를 타는 사람을 만나면
노랗게 부풀어 오르네
일그러진 저녁을 걷어내며 다시
허공으로 아홉 발가락을 올려놓네

네버 엔딩 서커스

박수는, 사양하오

여기, 귀퉁이 닳은 인간이 있소 뒷방에서 추억이나 우려 먹을 지루한 노래도 있소 나팔도 나도 잠깐이었소 청춘의 밀림은 거대하고 아름다웠지만 이제, 기울어진 하체에선 상한 냄새가 나오 내 무릎 속에서 해가 뜨고 악사와 춤꾼이 태어나고 동물들은 인간에 더 가까웠지만 나는 발목이 없소 발자국이 지워진 모든 하루가 서럽소 내 얼굴은 나도 모르오 가짜 코에 인조 눈썹 웃음소리도 희미하오만 외발과 짝을 맞추던 해진 목소리, 붉은 입술 하나는 남았소

나비½

저녁이면 반쪽 얼굴의 검이 운다
내 정강이의 춤은 붉었다
물려받은 자루엔 찢어진 셔츠와 동전 몇 닢이 전부지만
굶주린 하이에나 들개에게 쫓길지라도
바람의 근육을 가진 초상화 하나 바로 세우고 싶었다

내 춤의 결말은 나비라 이름 붙인 삼류 행성
눈 없는 아비의 길을 닦느라 하체가 닳았지만
길을 놓친 발가락은 지하를 돌고 있지만

내 잠의 카테고리엔
빛을 품고 점프하는 운석들
매일 한 계단씩 꿈의 밀실을 타고 오른다
어린 별들에게 들려줄 이야기 하나는 남겨 두어야 하므로
곧, 변두리 하늘 위로 날아오를 것이므로

점프, 꿈의 밀실을 타고 오르는

고봉준(문학평론가)

　유미애의 세계에는 안내 표지판이 없다. 이곳에는 낯선 세계에 발을 내딛는 독자를 위한 환영歡迎 인사도, 방문객이 의지할 이정표도 없다. 시를 읽는 일은 낯선 세계를 방문하는 일과 유사하다. 시는 왜 '낯선' 세계인가? 그것은 시가 그 바깥 세계와 공유하는 것이 거의 없기 때문이다. 공유하는 규칙이 전혀 없는 것은 아니지만, 독자적인 세계로서의 시는 그 바깥과 불연속적인 세계이다. 그리하여 시 바깥의 세계, 가령 현실의 규칙으로는 시 세계를 읽기 어렵고, 특정한 시인의 시 또한 다른 시인의 시를 읽는 것과 동일한 방식으로 읽히지 않는다. 시는 독자적인 '세계'이다.

영국 시인 존 던John Donne의 말처럼 "시란 영리하게 만든 작은 세계"인지도 모른다. 물론, 이 세계의 독자성은 '읽기' 과정을 통해 이미―항상 해체의 운명에 직면하게 된다. '세계'가 독자적인 것이라면 '언어' 또한 독자적인 실체일 것이다. 문학에서 세계와 세계, 언어와 언어는 상호 번역되지 않는다. 우리가 마주하는 시가 '낯선' 세계인 까닭은 다른 세계의 질서, 다른 세계의 언어가 통용되지 않기 때문이다. 이것은 다른 세계, 익숙한 세계에 대한 감각을 상실하지 않고서는 '낯선' 세계가 온전히 경험되지 않는다는 의미이기도 하다. 우리는 낯선 세계의 경계선을 지날 때마다 시공간의 변화를, 그때마다의 시차時差 때문에 현기증을 느낀다. 현기증을 느끼지 않는다는 것은 우리가 마주하는 세계가 낯선 세계가 아니거나, 우리가 그 세계와의 진짜 만남에 실패하고 있다는 반증일지도 모른다. 하지만 자신이 속한 세계, 그 익숙한 질서를 모두 부정하고 시를 읽는 독자는 존재하지 않는다. 이 때문에 시를 읽는 것은 이질적인 두 세계가 충돌하는 것이라고 말해도 과장이 아니다. 이 충돌로 인한 파열음은 두 세계의 이질성의 크기에 비례하기 마련이다. 시에 있어서 '세계'의 끝은 곧 '언어'의 끝이기도 하다.

사람들은 알지 못하지

내 속, 얼음집엔 새알 하나 숨어있다는 걸

깊은 상처만이 부화시킬 수 있다는 핏덩이

수술을 거부한 노파는 주름을 깔고 앉아

어깨를 구부렸다 펴기를 반복했지

평생 걸치고 있던 속옷 같은 꿈을

낡은 목숨과 바꿀 수는 없다고

내가 그림을 그리기 시작한 건 제비꽃 때문

그해 첫 꽃을 이글루에 보내준 당신 때문

새를 얻기 위한 비법들은 스스로를 달구며

붉은 손바닥을 보라색으로 덮어버렸지만

나는 한 번도 온전한 새를 날리지 못했지

솜이불 하나 마련하지 못한 채

온 생을 궁리해 얻은 깃털 몇 개

위태로운 발목에 파닥이는 노랑을 덧칠했을 뿐

클라이맥스에 닿지 못하는 내 색과 빛은

번번이 공기주머니를 엎지르곤 하지만

명랑한 집은 언제나 구름을 보관하고 있지

단단한 흐느낌을 품고 폭발하는 얼음덩이

겨울은 지금, 내 눈물이 키운 제비꽃을 발사 중

반쪽 새를 위한 구체적인 하늘과

내 열망의 속도를 체크하는 중

　　　　　　　　　—「이글루-제비꽃 로켓」 전문

　이 시에서 "이글루"는 현실세계에 존재하는 건축물이 아
니다. 그것은 "내 속", 즉 화자의 내면에 존재하는 세계를

가리키는 비유적 표현이다. 그것은 눈에 보이지 않으며, 타인이 완전히 이해할 수도 없다. 그런데 화자는 왜 내면세계를 '이글루=얼음집'이라는 차가운 성질로 형상화했을까? 시인은 독자를 위태로운 허공에 매달아 두려는 듯 우리를 언어의 경계 너머로 내몬다. 유미애의 시들은 언어의 사용법을 우리와 공유하지 않는 경우가 많다. "이글루"가 현실적 대상이 아니라 '내면'이라는 관념의 지시 대상이듯이, 그녀의 시에 등장하는 시어의 상당수는 사전적 의미나 상식적인 층위에서는 이해될 수 없는 인공어들이다. 사람들은 흔히 그 언어를 개인적 상징이라고 말하기도 하는데, 그것의 함축적 의미는 오로지 맥락과 반복의 양상을 통해서만 어느 정도 이해할 수 있다. 가령 "바깥귀를 접은 지 오래"(「표범」), "아픈 귀에 살이 오르면 반쯤 물든 치마가 처마에 걸린다"(「모란」) 등의 진술 앞에서 우리는 당혹감을 느끼지 않을 수 없다. 이러한 사정들을 감안하고 다시 저 "이글루"의 세계로 돌아가 보자.

"이글루" 속에는 "깊은 상처"만이 부화시킬 수 있는 "새알"이 숨겨져 있다. 이 논리에 따라 우리는 "새알"이 잠재적 상태로서의 예술을 의미하며, 그것이 부화된 상태, 즉 "새"가 현실화된 상태로서의 예술 작품을 가리킨다고 읽어도 좋을 듯하다. 그런데 이 시에는 "제비꽃 로켓"이라는 또 하나의 소재가 등장한다. 알다시피 "제비꽃"은 제비가 돌아올 무렵에 피는 꽃이라서 붙여진 명칭이니 "겨울"이나 "얼음집" 같은 차가운 이미지와 상반되는 생성生成과 신생新生의 이미지로 이해할 수 있겠다. 다만 이러한 해석을 전개하기 위해서는 "수술을 거부한 노파"의 정체에 대한 설명이 필요할 듯하다. 그러니까 자신의 내면에 "얼음집"이 존재한다고 진술하는 "나"와, 자신에게 제비꽃을 보내준 "당신"이라는 존재 때문에 그림을 그리기 시작했다고 진술하는 "나"와, "수술을 거부한 노파"는 동일한 사람일까? 이들이 동일인임을 가정하고 읽어보자. 노파의 진술에서 중요한 지점은 그녀가 자신이 평생 포기할 수 없었던 "속옷 같은 꿈"과 "낡은 목숨"을 교환하기를 거부하고 있다는 사실이다. 노파가 앓고 있는 질병이 무엇인지는 그다지 중요하지 않다. 그녀에게 중요한 것은 "수술"을 통해 "낡은 목숨"을 되살리는 것이 아니라 '꿈=그림'을 포기하지 않는 일이다. 무엇 때문일까? 그것은 "그림"의 기원이 "첫 꽃을 이글루에 보내준 당신"이라는 존재와 연결되어 있기 때문이다. 그날 이후 그녀는 "새"를 얻기 위한 비법에 골몰했으나 "한 번도 온전한 새를 날리지 못"했다. "무릎을 찢기 전, 나는 새를 쫓는 소녀였지"(「찢어진 청바지」)라는 진술 역시 이런 맥락에서 이해되어야 한다. 추측건대 시인은 "얼음집"에 놓여 있던 "새알"이 "새"가 되어 날아가는 상승의 이미지, 그리고 "제비꽃"에서 시작된 '그림=예술'이 완결되는 순간을 하늘을 향해 날아오르는 "새" 이미지로 설정하고 병치시킴으로써 "이글루"라는 겨울—이미지와 '제비꽃'이라는 봄—이미지 사이에 연속성을 부여하려는 듯하다. 이러한 논리에 따라 읽으면 "겨울은 지금, 내 눈물이 키운 제비꽃을 발사 중"이라는 진술에 등장하는 "겨울" "제비꽃" 등이 특정한 관념을 표상하기 위해 고안된 언어임을 짐작할 수 있다. 유미애의 시에서 자연적 대상은 단순한 자연이 아니라 관념의 객관적 상관물이다.

　너는 가장 빛나는 별이 될 거란다 흰 보에 싸인 내 울음소리는 담을 넘지 못했다 신이 주신 건 속눈썹이라는 낮은 지붕 하나였으니

　자두꽃이 피는 저녁, 눈 속의 물고기를 꺼내 나무에게 바쳤다 나의 시작은 자두 한 알이었으니까 자두 너머의 세계를 들려주는 건 내 손의 비린내를 쪼다 가는 새들이었으니까

　속눈썹에 빗질을 했다 악보 사이 짐승들이 우글거렸으나 눈 속에는 비늘을 번뜩이며 길을 묻는 음표들, 하이에나를 눕히고 발라드를 찾아오겠다 놈의 심장에 꽃을 던지겠다

　운석 지대로 새를 날렸다 별을 깨며, 최초의 노래를 듣겠다 돌 속으로 돌아가 마지막 악기가 되겠다

　자주색 달이 뜨는 밤 담장 밖으로 뛰어들 때, 이 메트로놈 소리를 따라가거라 남은 빛을 건네는 물고기

다시 환해질 때까지, 나는 자두를 쥔 손에 힘을 주었다

　　　　　　　　　　　　　　　　　　—「트럼펫 보이」 전문

　몇 개의 질문을 중심으로 읽어보자. 먼저 목소리에 대해서 말해 보자. 이 시에서 "너는 가장 빛나는 별이 될 거란다"라는 진술은 누구의 목소리일까? 그것은 "흰 보에 싸인 내 울음소리는 담을 넘지 못했다"라는 목소리의 주인과 동일한 인물일까? 시를 반복해서 읽어도 이 물음에 대답하기는 쉽지 않다. 제목에 착안하여 "나"를 "트럼펫 보이"라고 가정하고 읽어보자. 화자 "나"에 따르면 그의 울음소리는 출생의 순간에 "담"을 넘지 못했다. "담"이란 일종의 경계를 뜻하므로 그의 울음소리가 미약했다는 의미로 읽을 수 있겠다. 그는 자신의 출생에 대해 "신이 주신 건 속눈썹이라는 낮은 지붕"이라고 진술하고 있는데, 여기에서 '속눈썹=낮은 지붕'은 안정감이 결여된 상태에서 태어났다는, 즉 결핍을 의미하는 듯하다. 다음으로 "자두"라는 기호에 대해 살펴보자. 유미애의 시편들에는 "자두"라는 기호가 "자두를 꿈꾸지 않았으면 어땠을까"(「범람하는 자두」), "태양이 자두나무를 지나가네"(「무용수」), "정오의 나무와 자두 사이에 그늘이 생기고"(「거짓말 부족 소녀 릴리」) 등처럼 지속적으로 반복된다. 모든 반복되는 것에는 의미가 있는 법이니, "자두" 역시 단순한 자연적 대상으로 간주될 수 없다.
　2연의 진술에 따르면 "자두"는 "나"의 "시작"에 관계된다. "자두꽃이 피는 저녁, 눈 속의 물고기를 꺼내 나무에게

바쳤다"라는 진술의 구체적 의미는 이해할 수 없지만 그것이 "나"의 출생과 연결되어 있는 원초적 장면의 일부임을 짐작하기는 어렵지 않다. 사정이 이러하다면 "자두 너머의 세계"는 "나"의 실존적 경계 너머를 의미하고, "새"라는 초월적 상징은 '담=한계' 너머의 세계와 "나"를 연결시켜주는 매개의 상징이라고 해석할 수 있을 듯하다. 그런데 여기에서 "새"는 단순히 공간적 경계를 넘나든다는 의미에서의 초월이 아니라 「이글루」에서 '그림=새'처럼 '예술'의 세계를 암시하고 있다. 이는 "트럼펫 보이"라는 제목에서도 확인된다. 사정이 이러하다면 3~4연의 "악보" "음표들" "발라드" 등의 기호, "운석 지대로 새를 날렸다" "최초의 노래를 듣겠다" "돌 속으로 돌아가 마지막 악기가 되겠다" 등의 진술 역시 승화/초월로서의 예술이라는 맥락에서 읽혀야 한다. 흥미로운 것은 화자가 이러한 '예술'을 초월적·긍정적 이미지로 그려낸다는 점이다. "다시 환해질 때까지, 나는 자두를 쥔 손에 힘을 주었다"라는 진술이 그것이다. 그런데 이 장면에는 한 가지 특이한 점이 존재한다. 시의 후반부에서 화자 "나"에게 긍정적인 기운을 불어넣고 있는 목소리, 그러니까 "이 메트로놈 소리를 따라가거라"라는 진술은 누구의 목소리일까? 진술의 맥락이나 목소리의 어조를 생각해 보면 그것이 화자 '나'의 것이 아님은 분명하다. 진술의 전후 맥락을 따져보면 그것은 "남은 빛을 건네는 물고기"에 의해 발화된 것이라고 해석하는 것이 타당하다. 그렇다면 이 "물고기"의 정체에 대해 질문하지 않을 수 없다. 유미애의 세계에서 "자두"는 대개 출생이라는 원초적 풍경과 연결되어 있다. 따라서 화자가 "자두"라는 기호를 반복한다는 것은 그 혹은 그녀의 욕망의 방향이 원초적 과거를 향하고 있다는 의미이고, 그런 한에서 그것은 결코 도달할 수 없는, 실존적 결핍의 상흔을 나타낸다는 의미로 해석할 수 있다. 유미애의 시는 이처럼 잃어버린 원초적 시간/세계의 회복이라는 불가능한 꿈을 함축하고 있다.

어린 건달의 북소리가 국경 너머로 쓸려가던 밤
나는 작은 주먹을 꼭 쥐고 떨고 있었다

'칼잡이는 마음이 고요해야 하는 법이다'
병아리 같은 별이 빈 닭장을 긁었지만
아비들의 소식은 멀고 내 손에선 새가 울었다

어머니들은 오랫동안 전장을 떠나지 못했다
나는 굴뚝 뒤에서, 생선 골목에서
그녀들의 싸움을 지켜봤다
부뚜막의 도마에선 간간이 푸른 얼굴의 짐승이
최후의 눈꺼풀을 내리며 떠나갔다

뼛조각과 신음 소리가 어지러운 뒤뜰
팔을 뻗으면 커지는 북소리

나도 물려받은 문장紋章을 비린내로 물들이며
그녀들의 세상을 살아야 할까

이것은 저녁이면 붉어지는 손바닥의 내력처럼
거역할 수 없는 뿌리의 문제
무릎을 구부리고 늙은 이름을 외우면
등을 뒤집는 다락방의 전사들

검은 머리 뒷산이 우리 집 맑은 기운을 빼앗아 가도
나는 결코, 몇 점의 고깃덩이를 위해 검을 뽑진 않을 것
이다

투구를 벗어 도마 위에 놓으며
나는 처음으로 눈물을 보였다

　　　　　　　　　　　　　—「앞치마와 검투사」 전문

　「트럼펫 보이」에 등장하는 "물고기"와 "비린내"의 정체는
출생, 즉 '가족'과 연결되어 있다. 가령 「달이 뜨면 아버지
가 낚아 온 물고기가 꽃처럼 피어난다」에서 화자는 아버지
를 "물고기에 미쳐 떠돌던 아비"라고 소개하고, 자신을 "외
길을 쫓아온 생선장수의 후손"이라고 주장한다. 또한 「다금
바리」에서 화자는 자신을 "비린내나 풍기는 붉은 전갱이 새
끼"라고 진술하고 있으며, 「치마를 수놓던 물고기들은 어디

로 갔나」에서는 "할머니가 뒤집던 천장 낮은 집은 썩은 생선
냄새에 주저앉고 있"는 곳으로 묘사된다. 유미애의 시는 가
족의 내력을 전경화하지 않고 있으므로 '가족'과 '바다'의 관
계는 구체적으로 확인할 수 없다. 하지만 특정한 모티프를
반복한다는 것은 거기에 특별한 의미가 있다는 뜻이니 유미
애의 시에서 "비린내"를 "뿌리의 문제"로 읽어도 좋지 않을
까. 인용시의 "나"는 어린 화자이다. "나"를 둘러싸고 있는
세상의 형편을 살펴보자. 시의 도입부에 등장하는 "어린 건
달의 북소리"가 무엇인지 알 수는 없지만 "아비들의 소식은
멀"다는 진술에서 아버지가 부재하다는 사실을 확인할 수
있다. 아버지가 현존하지 않는 세계에서 생계를 책임지는
일은 여성에게 맡겨지기 마련인데, "나는 굴뚝 뒤에서, 생
선 골목에서/ 그녀들의 싸움을 지켜봤다"라는 진술이 그 상
황을 확인시켜 준다. 아비가 아니라 "아비들"이 부재하고,
어머니가 아니라 "어머니들"과 "그녀들"이 생활을 이어가는
상황이라는 사실이 중요할 듯하다. 어린 화자의 눈에 손에
'칼'을 쥐고 있는 그녀들의 싸움은 "전장戰場"을 연상시켰던
듯하다. "앞치마와 검투사"라는 제목도 거기에서 기원한 것
이니, "부뚜막의 도마에선 간간이 푸른 얼굴의 짐승이/ 최
후의 눈꺼풀을 내리며 떠나갔다"라는 진술은 아이의 시선
으로 본 어미들의 행동을 가리킨다. "그녀들의 세상"을 지
켜보면서 아이는 자신의 미래에 대해 묻는다. "나도 물려받
은 문장紋章을 비린내로 물들이며/ 그녀들의 세상을 살아야
할까"라고. 그리고 "나는 결코, 몇 점의 고깃덩이를 위해 검

을 뽑진 않을 것이다"라고 다짐한다.

　　무릎을 찢기 전, 나는 새를 쫓는 소녀였지
　　딸기 덤불에 숨긴 원피스를 생각하면 눈물이 날 때도
있지만
　　푸른 혈통의 내 이름은 상처투성이 다리와
　　지리멸렬한 주머니들을 포함한 말

　　그해 첫 꽃이 지고 아침의 이마가 어두워졌을 때
　　나는 나를 복제하기 시작했지
　　자신이 누구인지 모른 채 주머니마다 낯선 나를 채웠지
　　나는 매일, 또 다른 나로 환생되거나 사라져갔지

　　주머니가 썩어 들고 두 다리가 나를 지탱할 수 없을 때
　　나는 나를 찢었지 그리고 반문했지
　　붉게 타는 볏을 달고도 우리 집 새들은 왜
　　한 뼘의 하늘도 얻지 못하는지
　　암탉들은 죄도 없이 이웃집 담 밑이나 막다른 골목에서
　　그림자로 발견되는지
　　덤불 속의 병아리는 제 어미를 알지 못하고
　　날렵한 발자국을 갖지 못한 무릎엔 피가 고여있지만
　　청바지를 입는 시간은 새로운 문이 열리는 시간

닭과 나와 좁다란 하늘이 겹쳐지는 때

　나는 청바지를 입지 오늘도

　주머니 속의 수많은 나를 뒤집지

　정강이 속 마지막 이름이 이 세계를 부인하고 날아오

를 때까지

—「찢어진 청바지」 전문

　여기에서 "청바지"는 "원피스"와 대립한다. "새를 쫓는
소녀"였던 화자는 어느 순간 여성에게 억압적인 세계("붉게
타는 볏을 달고도 우리 집 새들은 왜/ 한 뼘의 하늘도 얻지 못하는지/암
탉들은 죄도 없이 이웃집 담 밑이나 막다른 골목에서/ 그림자로 발견되는
지")의 질서에 대해 반문하기 시작했고, 그 질서에 대한 부
정은 "원피스"를 버리고 "청바지"를 입는 행동으로 현실화
된다. 또한 그것은 "결코, 몇 점의 고깃덩이를 위해 검을 뽑
진 않을 것이다"라는 다짐의 구현이기도 하다. 이런 점에서
"찢어진 청바지"라는 제목은 이중적으로 해석할 수 있다.
이 시에서 "찢다"라는 동사와 연결된 진술, 즉 "무릎을 찢기
전" "나는 나를 찢었지" 등은 "청바지"를 선택했다는 사실을
강조할 뿐 직접적으로 청바지를 찢는 행위와 연결되지 않는
다. 그럼에도 불구하고 이런 표현이 가능한 이유는 "오늘도
나는 눈이 풀린 채 홀로 돌아가네 자두가 빠져나가던 손의
파문, 순록을 쫓던 화살이 날아와 청바지를 찢네 춤을 출
때마다 내 복사뼈가 우네"(「무용수」)라는 구절에서 반복되듯
이 그것이 '춤'이라는 예술과 연결되면서 자아의 해체-재구

성이라는 의미로 읽히기 때문이다. 이 시에서 이러한 자아의 해체−재구성은 자신을 "주머니 속의 수많은 나를 뒤집"는 행위로 표현된다. 그것은 "지리멸렬한 주머니들"을 부정한다는 점에서 '저항'의 일종이라고 말할 수 있으니, 시인은 청바지를 입고 주머니를 뒤집음으로써 "이 세계를 부인하고 날아오"르기를 희망한다.

이것은 새의 다리에서 길어 온 마지막 이야기

조개무지 아래로 이곳의 빛과 계절을 흘러 보내요

새의 상처가 아물 때까지

내 앙상한 종아리로 당신의 숨결이 옮겨 올 때까지

금 간 악기에 난 구멍은 우리들의 눈과 입술

뱀처럼 앉아, 낮과 밤의 피가 섞이던 순간을 떠올려봐요

조개껍데기만 한 한 뼘의 하늘이 우리의 전부지만

당신의 손자국을 따라 흰곰이 깨어나고

검은 말들이 골목을 달려요

오래 앓은 나는 서리 맞은 뼛조각을 이으며 뭉클뭉클

눈물을 모아요

열세 조각의 반란, 빙하를 녹이는 울음소리에

난로 위의 봄이 끓어오르고 주저앉은 시간이 일어서요

이것은 아픈 다리들이 부르는 최초의 노래

약봉지를 비우면 다시 뭉클 깊어져요

발코니에 남겨진 당신의 새장

　　　　　　—「당신의 새장—새 뼈로 만든 피리」 전문

　유미애의 시에서 '예술'은 특별한 의미를 지닌다. 상당수
의 시편들에서 '예술'은 시 세계를 구성하는 기본적인 비유
체계로 기능하고 있다. "이 메트로놈 소리를 따라가거라"(「트
럼펫 보이」), "신문지에 스케치한 카카리키는 나무에 도착하
지 않았네"(「표범」), "춤을 출 때마다 내 복사뼈가 우네"(「무용
수」), "소년은 언제나 기타와 함께였다"(「기타를 메고 어디론가 가
는 소년의 뒷모습을 보고」), "이탈한 음들이 풀잎처럼 날아오르
기도 했지만"(「고래를 간질이는 법」), "야무진 새의 주둥이를 입
에 무는 순간/ 내게 악기를 판 페루 남자가 생각났어요"(「오
카리나」), "단풍나무로 만들었다는 기타를 가진 사람이 있었
다"(「달처럼 슬픈 기타」), "빈 악기를 잡고 입술을 올리면"(「리코
더 수업」), "금 간 악기에 난 구멍은 우리들의 눈과 입술"(「당신
의 새장」) 등처럼 음악, 무용, 회화 등의 다양한 장르와 기타,
오카리나, 리코더, 피리 등의 악기들이 주요한 시적 소재로
등장하여 하나의 체계를 이룬다.

　위의 시에는 "새 뼈로 만든 피리"라는 부제副題가 붙어있
다. 인류학자들의 연구에 따르면 현재까지 발견된 가장 오
래된 악기는 3만 5천 년 전에 구석기 시대 사람들이 새의 뼈
로 만든 피리이다. 화자의 거주지 발코니에는 "새장"이 남
겨져 있다. 여기에서 남겨진 "새장"은 곧 "새"의 부재를 암

시한다. 추측건대 이 시는 "새"의 부재와 "새 뼈로 만든 피리"라는 두 모티프가 결합되어 시작되었을 듯하다. 고대인들은 새의 다리뼈로 피리를 만들었다. 그런데 "금 간 악기에 난 구멍"이라는 표현에서 짐작할 수 있듯이 화자가 목격한 피리에는 금이 간 상태이고, "뱀처럼 앉아"라는 진술에서 우리는 누군가가 주저앉아 피리를 연주하고 있음을 추측할 수 있다. 그런데 여기에서 피리를 부는 행위는 단순한 풍경이 아니다. 피리를 연주함으로써 "흰곰이 깨어나고/ 검은 말들이 골목을 달"린다. 뿐만 아니라 "나"는 그 연주를 들으면서 "눈물"을 모으니, "피리"에는 "난로 위의 봄이 끓어오르고 주저앉은 시간"을 일어서게 만드는 신비로운 능력이 있다. 여기에서 '피리'로 대표되는 예술이 "난로 위의 봄"과 "주저앉은 시간"을 일어서게 만든다는 것, 즉 상승의 이미지에 주목하자. 앞에서 우리는 「찢어진 청바지」의 화자가 여성에게 억압적인 세계의 질서를 "부인"하는 실존적 사건을 "날아오를 때"라고 표현한 것을 목격했다. 이러한 상승의 이미지는 "목줄을 끊고 유배지의 하늘 위로 날아오를 때까지"(「스카프」), "내 눈물이 키운 제비꽃을 발사 중"(「이글루」) 등처럼 부정적인 현실을 뛰어넘을 때마다 반복적으로 등장한다. 돌이켜 생각해 보면 "새알"이 "새"가 되어 비상飛翔하는 장면 또한 이런 맥락에서 읽을 수 있다.

저녁이면 반쪽 얼굴의 검이 운다

내 정강이의 춤은 붉었다

물려받은 자루엔 찢어진 셔츠와 동전 몇 닢이 전부지만

굶주린 하이에나 들개에게 쫓길지라도

바람의 근육을 가진 초상화 하나 바로 세우고 싶었다

내 춤의 결말은 나비라 이름 붙인 삼류 행성

눈 없는 아비의 길을 닦느라 하체가 닳았지만

길을 놓친 발가락은 지하를 돌고 있지만

내 잠의 카테고리엔

빛을 품고 점프하는 운석들

매일 한 계단씩 꿈의 밀실을 타고 오른다

어린 별들에게 들려줄 이야기 하나는 남겨 두어야 하므로

곧, 변두리 하늘 위로 날아오를 것이므로

—「나비 1/2」 전문

"새"와 더불어 "나비"는 시집 전체를 관통하는 지배적 형
상 가운데 하나이다. "나비"가 등장하는 시편들을 살펴보
자. 먼저 「나비의 집」에서 "나비"는 "나비인지 돌멩이인지"
처럼 "돌멩이"의 짝패로 쓰이고 있다. 이 시의 화자는 "파기
한 종이에 누워 말과 말의 간극에 대해 생각"하고 있으며,
"이름을 부르는 순간 우리는 어둠 속에 갇힌다"라는 진술처
럼 불확정적 · 유동적인 대상에 '이름=언어'를 부여하는 것

의 한계에 대해 사유하고 있다. 때문에 "나비"와 "돌멩이"는 이질적인 대상, 가령 하나는 가벼우므로 상승하는 이미지를 가리키고 다른 하나는 무거우므로 하강하는 이미지를 가리키는 것으로 이해할 수 있다. 다음으로 "뚜껑을 밀치며 나비가 날아가네"라는 진술로 시작되는 「깡통을 든 작은 이방인」. 이 시에서 "나비"는 "뚜껑"이라는 속박·구속을 벗어난 자유·해방의 시적 상관물이다. 화자는 "더 많은 나비를 쫓을 수 없다 해도/ 침 흘리는 마음 감추지 않을 거야"라고 다짐하는데, 이것은 '몽상=예술'을 통해 현실세계를 벗어나려는 탈주에의 욕망을 표현한 것이다. 여기에서 "나비"는 이러한 탈주의 표상이다. 그리고 「나비 1/2」. 화자는 자신의 실존적 상태를 "저녁이면 반쪽 얼굴의 검이 운다"라고 표현하고 있다. 사실 "반쪽 얼굴의 검"이라는 표현이 구체적으로 무엇을, 어떤 상태를 의미하는 것인지는 알기 어렵다. 시인은 「분홍 당나귀」에서 자신의 얼굴을 "이야기꾼"인 "왼쪽 얼굴"과 "꽃씨 대신 얼음 조각을 키우고 있"는 "오른쪽 얼굴"로 분리해서 설명한 적이 있다. 거기에서 "왼쪽 얼굴"은 "갈채라는 날개를 퍼덕이며 조금씩 날아"오르는 반면 "오른쪽 얼굴"은 "그믐달처럼 희미해져 가는" 것으로 설명되는데, 이것은 산문과 시, 사회적 자아와 반反사회적 자아 등으로 분열된 내면을 가리킨다.

한편 「나비 1/2」에서 "반쪽 얼굴의 검"은 "춤"이라는 예술, "찢어진 셔츠와 동전 몇 닢"으로 표상되는 가난, "굶주린 하이에나 들개"가 표상하는 실존적 위협의 대척점에 위

치하는 "바람의 근육을 가진 초상화"가 성립되기를 희망하는 조건으로 제시된다. 첫 시집에 실려있는 "나의 비극은/ 바람 소리를 기억하는 새의 심장을 가졌다는 것이다"(「나의 비극」)라는 인상적인 고백에서 드러나듯이 유미애에게 "바람" "새" 등의 대상은 결핍 상태의 세계에서 벗어나 상승하는 이미지를 의미하는데, 두 번째 시집에서 그것은 "나비"로 변주되고 있다. 그것은 '부정'과 '해방'을 동시에 가리키는 기호이다. 그런데 '~싶었다'라는 진술이 암시하듯이, 그 희망이 성공적으로 성취되었다고 말하기는 어렵다. 시인 또한 "내 춤의 결말은 나비라 이름 붙인 삼류 행성"이라는 표현처럼 "바람의 근육을 가진 초상화"를 세우려던 자신의 희망이 "삼류 행성"의 수준에 멈추었다고 판단하는 듯하다. 그리하여 그 이후의 진술들에서 시인은 '~닮았지만' '~돌고 있지만'처럼 자신의 기도企圖가 만족할 수준에 도달하지 못했음을 자인한다. 하지만 이 시의 핵심은 자인自認에 있는 것이 아니다. 그러한 한계상황에도 불구하고 "내 잠의 카테고리엔/ 빛을 품고 점프하는 운석들/ 매일 한 계단씩 꿈의 밀실을 타고 오른다"라는 진술이 말하고 있듯이 "점프"에의 욕망을 포기하지 않겠다는 다짐이 핵심이다. "점프", 즉 이러한 상승에의 다짐은 시의 종결 부분에서 "변두리 하늘 위로 날아오를 것이므로"처럼 새로운 희망으로 이어진다. "점프"는 상승의 욕망을 담고 있지만, 기본적으로 "춤"에 관계되는 동작이다. 이처럼 유미애의 세계는 오래된 세계를 응시하는 원초적 시간/풍경에의 끌림과, '예술'을 통해 현실세계를 뛰어넘는 도약/비상에의 의지라는 이질적인 두 세계를 동시에 함축하고 있다. 하나가 지나온 시간을 되돌아보는 시선이라면, 다른 하나는 자신의 삶을 미래를 향해 기투하는 시선이다. 이들 두 시간 가운데 어느 쪽의 힘이 셀까?